LA

JEUNE FILLE SÉDUITE,

POËME.

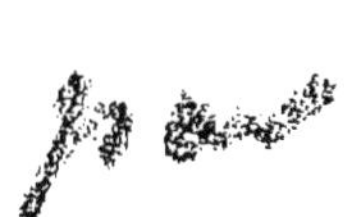 

A PARIS,

Chez ARTHUS BERTRAND, Libraire, rue Hautefeuille, n.° 23.

1811.

DE L'IMPRIMERIE DE J. H. STÔNE.

AVERTISSEMENT.

Je composai ce Poëme en 1785, et j'en pris le sujet dans une première édition des Nuits d'Young, traduites par M. Le Tourneur. Je ne sais pas pourquoi l'on y avoit inséré cette production qui n'appartient point au poëte anglais; car elle ne se trouve dans aucune édition de ses œuvres originales. Extrêmement désireux d'en connoître l'auteur, je n'ai rien négligé pour le découvrir; mais toutes mes recherches à cet égard ont été vaines.

Quoi qu'il en soit, l'on voit qu'ayant gardé mon ouvrage pendant vingt-six ans sans le publier, j'ai accompli, et au-delà, le précepte d'Horace :

Si quid tamen olim scripseris..... nonumque prematur in annum.

L'on dira peut-être, après m'avoir lu, que, pour l'intérêt de mon amour propre, j'aurois dû perpétuer l'oubli où j'étois resté si long-temps? Je répondrai à cela que je l'avois bien résolu;

mais ayant été récemment informé d'une séduction opérée par des moyens semblables à ceux que je décris, et par l'une

De ces femmes hardies,
Qui, goûtant dans le crime une tranquille paix,
Ont su se faire un front qui ne rougit jamais [1],

Je me suis alors souvenu de mon Poëme, et je l'ai retouché dans le sentiment d'indignation que m'inspiroit un événement aussi affligeant et aussi funeste à l'ordre social.

Comme cet ouvrage m'a paru offrir quelque intérêt, et surtout un but moral, en montrant toute la perfidie des fausses amitiés, tous les dangers des liaisons imprudentes, enfin les suites épouvantables du vice et de la perversité des mœurs, j'ai cru que sa publication pourroit être utile; et je m'y suis déterminé.

Ai-je bien ou mal fait de céder à ce motif? Le suffrage du public en décidera.

[1] RACINE, *Phèdre*, acte III.

LA JEUNE FILLE SÉDUITE.

Elle raconte elle-même son histoire.

AUTEUR de tous mes maux, toi qui m'as pervertie,
Vice affreux! dont je sens toute l'ignominie;
Tant que je t'ignorai, je connus le bonheur:
L'innocence et la paix régnèrent dans mon cœur.
Sans toi, sans le poison dont tu flétris mon ame,
J'aurois encor le nom de vertueuse femme:
J'en aurois tous les droits; mais ton charme imposteur
M'a ravi tout.... hélas! il m'a ravi l'honneur.

Avant qu'à tes excès je fusse abandonnée,
Au sein de la vertu, tranquille et fortunée,
Je voyois tous mes jours tissus par les plaisirs;
Et ma félicité remplissoit mes désirs.

Tout étoit pur en moi; mon cœur, mes sens, mon ame :
Aucun d'eux de l'amour n'avoit connu la flamme;
Et, dans le calme heureux qu'obtenoit ma raison,
Je pouvois, sans rougir, en prononcer le nom :
Mon oreille jamais n'en étoit offensée;
Tant mes sens se régloient sur ma sage pensée!
Je pouvois, m'égarant dans les bois d'alentour,
Rêver impunément à ce doux nom d'amour;
Voir les tendres oiseaux, dans les plaines riantes,
Goûter, avec transport, ses faveurs enivrantes,
Et la nature entière offrir à tous mes sens,
De l'amour créateur, les effets séduisans.
Mes yeux les contemploient avec indifférence;
Jamais ils ne troubloient ma paisible innocence.
Instruite à ne former que d'honnêtes désirs,
Je ne soupçonnois point de dangereux plaisirs.

Simple et sans artifice, intéressante et belle,
Chacun, de la vertu, me citoit pour modèle.
Les femmes m'admiroient, et les hommes charmés,
Du feu de mes regards se sentoient enflammés.

Tous venoient à l'envi m'offrir un tendre hommage;
Mais leurs vœux s'exprimoient par un chaste langage.
Le vieillard m'estimoit: le jeune homme ingénu,
En louant ma beauté, respectoit ma vertu.
Je le voyois toujours, dans son ardeur sincère,
Me prodiguer ses soins, n'aspirer qu'à me plaire;
Et son cœur généreux, s'épanchant dans le mien,
Content de ce bonheur, ne demandoit plus rien.

Quel charme je trouvois dans mon indifférence!
Tout sembloit m'assurer la plus douce existence:
J'ignorois le malheur, la honte, les remords,
Les folles passions et leurs fougueux transports.
Jamais un sentiment, ou de haine, ou d'envie,
N'avoit empoisonné les instans de ma vie;
Enfin, je jouissois de ce bonheur parfait,
Doux fruit de la vertu, son plus digne bienfait.

Pendant seize printemps, j'en éprouvai les charmes,
Sans qu'il fût altéré par les moindres alarmes;
Mais à peine le vice eut possédé mon cœur,
Qu'en perdant la vertu, je perdis le bonheur.

O souvenir affreux ! c'est dans mon sexe même
Que j'ai trouvé l'auteur de mon désordre extrême;
Le monstre détesté qui, par sa trahison,
Séduisit à la fois mes sens et ma raison.

Ce monstre étoit au rang de ces femmes connues
Par leurs débordemens et leurs mœurs dissolues;
Dont le cœur, dès-long-temps au crime accoutumé,
Dans toutes ses horreurs est enfin consommé;
Qui possèdent surtout l'exécrable science,
L'art affreux de tromper, de perdre l'innocence;
D'éveiller, dans un cœur novice et vertueux,
Des plaisirs criminels l'attrait pernicieux.
ZELMIRE (c'est le nom de ce monstre perfide)
Répandit dans le mien son poison homicide;
Et par de longs discours, trompant ma vanité,
Vers les hommes, d'abord, tourna ma volonté.

D'un ton doux et flatteur, « savez-vous, me dit-elle,
« Qu'on ne vous croiroit point une simple mortelle,
« Tant le ciel a, sur vous, répandu d'agrémens,
« Tant vous étonnez l'œil par vos appas charmans ?

« Tout le séduit en vous, lui plaît et l'intéresse :
« Les grâces, la fraîcheur, l'éclat de la jeunesse,
« Ce charme universel qui brille en tous vos traits,
« Qu'on voudroit exprimer, qu'on n'exprime jamais.
« Vous avez l'âge heureux où l'aimable Nature,
« De ses dons les plus chers, a comblé la mesure ;
« Où vous pouvez vous-même, au gré de vos souhaits,
« Et connoître, et sentir le prix de ses bienfaits.
« Votre beauté, sans doute, est son plus digne ouvrage ;
« Mais, d'un bien si flatteur, vous ignorez l'usage :
« C'est un don glorieux, un superbe trésor,
« Dont vous devez jouir pour l'augmenter encor.
« N'ayez point des ingrats la honteuse foiblesse :
« De ce trésor charmant partagez la richesse :
« D'un fortuné mortel comblez les tendres vœux ;
« Votre bonheur naîtra de ce partage heureux.
« La femme indifférente et qui vit isolée,
« Par de justes chagrins, est sans cesse troublée :
« Le regret la poursuit, la dévore partout ;
« Elle n'éprouve enfin que tristesse et dégoût.

« Si vous perdiez bientôt cette beauté charmante
« Dont l'empire est si doux, la grâce si touchante,
« Parlez-moi sans détour : une affreuse douleur
« Viendroit sans doute alors déchirer votre cœur ?
« Hé bien ! vous la verrez promptement disparaître
« Cette beauté fragile et qui ne peut renaître ;
« Vous verrez se flétrir et se perdre à jamais
« L'éclat de votre teint, la fraîcheur de vos traits.
« L'art ne peut réparer cette perte cruelle :
« Il n'est qu'un seul moyen de rester toujours belle ;
« C'est de suivre l'Amour, ses lois, sa volupté :
« Lui seul et ses plaisirs raniment la beauté.
« Si ce discours surprend, trouble votre innocence,
« Non, ne m'en croyez pas, croyez l'expérience :
« Voyez comme LUCINDE a perdu ses attraits,
« Et leur donne aujourd'hui d'inutiles regrets !
« Voyez-la maintenant honteuse, abandonnée,
« Gémir de ses ennuis, pleurer sa destinée :
« Son ame dédaigneuse osoit braver l'Amour ;
« Et, de ses vains mépris, ce dieu rit à son tour.

« Puisque vous frémissez d'un sort si déplorable,
« Quand j'en offre à vos yeux le tableau véritable;
« Ah! redoutez encor d'en ressentir les coups
« Dont la rigueur, bientôt, va retomber sur vous.
« Oui, déjà vous marchez sur les bords de l'abîme;
« D'une vaine pudeur vous êtes la victime :
« Voulez-vous donc mourir avant que votre cœur
« Ait pu connoître au moins les charmes du bonheur?
« Une fille, encor jeune et sans expérience,
« Qui veut à ses appas allier l'innocence,
« S'aveugle en ses penchans, s'abandonne à l'erreur,
« Et se trouve toujours la dupe de son cœur.
« Il n'en est pas ainsi de la femme charmante,
« Qui fuit des préjugés la chaîne avilissante:
« Dès qu'elle ose une fois livrer à son amant
« Ce trésor qu'on ne peut conserver sans tourment,
« Son œil, alors frappé d'une heureuse lumière,
« Aperçoit de l'honneur l'illusion entière:
« Son cœur impatient redemande toujours
« A se précipiter dans le sein des amours.

« Quand je goûtai moi-même, au gré de ma tendresse,
« Ces douces voluptés dont je vous peins l'ivresse,
« Je crus renaître alors; je vis un nouveau jour,
« Tant mon cœur fut charmé des transports de l'amour!
« Oui, l'Amour est le dieu, le seul dieu que j'adore;
« A ses illusions je m'abandonne encore:
« Ses plaisirs sont si grands, que, s'il falloit choisir,
« Ou leur perte, ou la mort, j'aimerois mieux mourir. »
Ainsi parla ZELMIRE, et ma bouche imprudente
Osa lui découvrir ma foiblesse naissante.
Je n'entends rien, lui dis-je, à ce discours charmant,
Qui me parle d'amour, de volupté, d'amant.
Je sens bien qu'il existe, en mon ame timide,
Un désir de bonheur dont j'éprouve le vide;
Mais, sur ce doux penchant, si je veux réfléchir,
Une crainte soudaine arrête mon désir.
Ces biens, dont vous m'offrez l'entière jouissance,
Peut-on les posséder sans blesser l'innocence?
On dit que le plaisir a perdu les mortels;
Comment s'y livrent-ils, sans être criminels?

Sur ces réflexions, qui m'assiégent sans cesse,
Que votre expérience éclaire ma jeunesse !
Dans vos raisonnemens, mon esprit agité
N'aperçoit point encor la simple vérité.
Cependant, croyez-moi, j'éprouve, à vous entendre,
Un charme dont mon cœur ne peut plus se défendre :
Ému par vos discours, il commence à sentir
Un tourment agréable, un douloureux plaisir.
Par de contraires vœux mon ame combattue,
Sur ses nouveaux penchans, demeure irrésolue.
De grâce, dites-moi, quel est donc cet objet
Dont le désir ardent me tourmente en secret ?

Au trouble de mon cœur, à mes regards avides,
Zelmire, avec transport, vît ses progrès rapides.
Impatiente, alors, d'en assurer le fruit,
Elle achève, en ces mots, d'égarer mon esprit.

« Les plaisirs séduisans dont j'ai vanté les charmes,
« N'ont rien de criminel. . . calmez donc vos alarmes.
« Ce trouble intérieur, dont vous sentez l'effroi,
« Pour vous persuader, semble s'unir à moi.

« Son langage est le mien : c'est la simple nature
« Qui met, dans votre cœur, son éloquent murmure.
« S'il vous flatte déjà, jugez, par vos désirs,
« Combien vous jouirez au doux sein des plaisirs!
« Par de vains préjugés votre ame intimidée,
« Du charme de l'Amour n'a pu prendre l'idée :
« C'est par lui, par lui seul que s'ouvre dans nos cœurs
« La source du plaisir et des biens enchanteurs.
« Tout se rapporte à lui : nos vœux, nos sacrifices.
« Lisez les écrivains qui peignent ses délices;
« Sans doute, ils vous diront que ce dieu séduisant
« Donne à tous les mortels un bonheur ravissant;
« Qu'il établit entre eux une douce harmonie,
« Et leur fait oublier tous les maux de la vie;
« Que sa vive influence éclaire les esprits,
« Inspire les auteurs, anime leurs écrits;
« Enfin, que les rois même, ennuyés sur le trône,
« Détesteroient sans lui le sceptre et la couronne.
« La jeune fille y rêve, en flatte ses désirs :
« La femme plus heureuse y trouve ses plaisirs.

« Vous voyez tout le prix, l'importance et l'usage
« Des droits de la beauté, le trésor de votre âge;
« C'est à vous maintenant d'écouter votre cœur,
« Si vous voulez connoître et goûter le bonheur.
« Oui, vous le trouverez dans les douces caresses
« De l'amant captivé par vos tendres promesses.
« Une fois dans ses bras, et brûlant de ses feux;
« Partageant de son cœur les transports amoureux;
« Si vous savez, alors, être docile et tendre;
« C'est dans ces doux momens que vous pourrez apprendre
« Ce secret enchanteur, cet art mystérieux,
« Qui devient aujourd'hui l'objet de tous vos vœux. »
Mais les hommes, lui dis-je, ...hélas! ma tendre mère,
Sous des traits différens, m'offroit leur caractère.
Ce sont, m'assuroit-elle, autant de séducteurs
Qui nous trompent toujours par des vœux imposteurs.
Du véritable amour, osant feindre l'ivresse,
Ils viennent, à nos pieds, soupirer leur tendresse,
Exagérer leurs feux, nous peindre leurs tourmens,
Et, pour toucher nos cœurs, prodiguent les sermens.

Mais si, cédant enfin, par excès de foiblesse,
Nous nous abandonnons à l'ardeur qui les presse,
Bientôt, las de l'objet qui les rendit heureux,
Ils le laissent en proie à des regrets affreux.
Dois-je, hélas! dites-moi, vous mon appui, mon guide,
Attendre le bonheur d'un être si perfide?
N'est-il point un mortel, simple et vrai comme moi,
Dont je puisse espérer et le cœur et la foi;
Qui veuille, à mon amour, égaler sa tendresse,
Jurer de me chérir, de m'adorer sans cesse,
Partager avec moi le nom tendre d'époux,
Et s'enchaîner ainsi par les nœuds les plus doux?
S'il existe, qu'alors votre main généreuse
Nous unisse tous deux et que je sois heureuse!
Oui, je mettrai ma joie à lui plaire le jour;
La nuit, à le combler des faveurs de l'amour.

« Ah! répondit le monstre, une erreur si funeste,
« De vos vils préjugés, est sans doute le reste?
« Quoi! vous imaginez que des nœuds éternels
« Puissent plaire toujours aux volages mortels?

« Ne savez-vous donc pas que la crainte et l'envie
« Sont les plus sûrs garans du bonheur de la vie?
« L'amour surtout, l'amour, cet heureux sentiment,
« En devient à la fois plus vif et plus charmant.
« Les chaînes de l'hymen détruisent son empire ;
« Au sein du plaisir même, il languit, il expire :
« Affreuse vérité! qu'on reconnoît toujours,
« Hélas! en regrettant le règne des amours.
« La femme qui subit le joug de l'hyménée,
« N'a plus qu'à déplorer sa triste destinée :
« Dès cet instant fatal, les regrets douloureux
« S'emparent de son cœur, rendent ses jours affreux.
« Esclave d'un époux dont l'injuste puissance
« S'oppose entièrement à son indépendance,
« Elle ne peut pas même, au gré de ses désirs,
« Distraire ses ennuis par d'innocens plaisirs.
« De cet indigne époux la froide indifférence,
« Les mépris rebutans, la superbe insolence,
« Les injures......... enfin les outrages cruels
« Livrent l'infortunée à des pleurs éternels.

« Que dis-je? il faut souvent les cacher, les contraindre;
« Souffrir tout, sans oser murmurer ni se plaindre;
« Et, pour dernier tourment, prodiguer ses faveurs
« A ce fatal objet de mépris et d'horreurs.
« Voyez à quel excès il la dégrade encore!
« Tous ces valets obscurs, dont notre orgueil s'honore,
« Sont de vils délateurs qu'il attache à ses pas,
« Pour garder un trésor qu'il ne mérite pas.
« Toujours ingénieux à varier ses peines,
« Redoublant, chaque jour, le fardeau de ses chaînes,
« Ce tyran la réduit à désirer la mort,
« Comme l'unique terme à son malheureux sort.
« Oui, de tous les époux tel est le caractère:
« Je vois qu'il vous remplit d'un effroi salutaire;
« Et votre cœur, heureux d'être encor sans liens,
« Sans doute, va chercher la source des vrais biens!
« Ne l'oubliez jamais, la seule indépendance
« Peut, de votre bonheur, assurer l'existence:
« C'est en la conservant que mille adorateurs
« Rendront toujours hommage à vos charmes vainqueurs.

« Un seul de vos regards, un séduisant sourire
« Les amène à vos pieds, les met sous votre empire,
« Satisfaits et constans, s'ils trouvent dans vos yeux
« Le soutien de leur flamme et l'espoir d'être heureux.
« Quel triomphe de voir, en esclaves timides,
« Tomber à vos genoux des guerriers intrépides!
« Hé bien! vous les verrez ces héros orgueilleux
« Se soumettre, tremblans, au pouvoir de vos yeux. »
A la séduction de ce discours perfide
J'abandonnai mon cœur.... je n'eus plus d'autre guide:
La cruelle, en un mot, goûta l'affreux plaisir
De me voir partager et combler son désir.
Où les trouver, lui dis-je avec impatience,
Ces hommes que l'amour doit mettre en ma puissance?
Où le chercher surtout ce mortel plein d'ardeur,
Digne de m'enflammer et d'être mon vainqueur?
A mes yeux enchantés, l'homme le plus aimable,
Celui que je verrois d'un regard favorable,
C'est le jeune VALMONT : je le dis, sans détour,
Lui seul me semble fait pour inspirer l'amour.

Son abord est charmant, son maintien plein de graces:
Les ris semblent toujours voltiger sur ses traces:
Il est vif, élégant: son langage est flatteur:
Eh! que faut-il de plus pour captiver un cœur?
 ZELMIRE, à cet aveu qui montroit ma foiblesse,
Aperçut tout l'effet de sa coupable adresse;
Et, pour précipiter l'instant de mon malheur,
Par ce nouveau discours, elle entraîna mon cœur.
 « Puisque mon amitié vous trouve si docile,
« Sachez que de vos vœux le succès est facile;
« Que je puis vous donner un amant généreux,
« Et tel que vos désirs l'ont dépeint à mes yeux.
« Oui, je connois VALMONT, ... et j'ai sa confiance.
« Il joint à la beauté le rang et la naissance.
« On diroit que l'amour prit soin de le former,
« Pour plaire à tous les cœurs et pour les enflammer.
« En un mot, il n'est point de beauté si sévère
« Qui ne voulût prétendre au bonheur de lui plaire. »
 Ah! m'écriai-je alors, sans doute il est aimé?
Sans doute que déjà son cœur est enflammé?...

« Oui, dit-elle aussitôt, son cœur soupire... il aime...
« Il adore un objet... cet objet... c'est vous-même.
« Offerte à ses regards, par un hasard heureux,
« Vous avez, à l'instant, excité tous ses feux.
« C'est lui qui, le premier, dans un moment d'ivresse,
« Prononçant tout-à-coup l'aveu de sa tendresse,
« En des traits si frappans, m'en a dépeint l'objet,
« Que mes yeux l'ont, en vous, reconnu trait pour trait.
« Pressé par le besoin d'ouvrir son ame entière,
« Tous ses regards brilloient d'une vive lumière :
« Son cœur, brûlant d'amour, poussoit de longs soupirs,
« Fidèle expression de ses tendres désirs.
« Il juroit que toujours vous rempliriez son ame ;
« Que rien n'affoibliroit les ardeurs de sa flamme ;
« Que le plaisir, enfin, cet écueil des amans,
« Ne lui feroit jamais oublier ses sermens.
« Quand j'ai vu de son cœur l'épanchement sincère,
« J'ai vanté tout le prix du bonheur de vous plaire.
« Votre nom, par hasard, de ma bouche échappé,
« D'un trouble involontaire, à l'instant, l'a frappé.

« Son ame neuve encore, incapable de feindre,
« A mes yeux vainement cherchoit à se contraindre :
« J'ai vu, n'en doutez point, à l'ardeur de ses feux,
« Que vous seule à jamais pouviez le rendre heureux. »
Ces mensonges flatteurs décidèrent ma perte.
Aux désirs criminels mon ame fut ouverte :
Je ne respirai plus que l'amant séducteur
A qui j'allois bientôt immoler mon honneur.
Quand pourrai-je le voir, repris-je avec ivresse,
Cet aimable VALMONT, si cher à ma tendresse;
Digne, par sa beauté, de plaire à tous les yeux;
Digne, par son amour, de fixer tous mes vœux?
Quel est donc l'ascendant de ce dieu que j'ignore ?
A peine je suffis au feu qui me dévore.
Qu'il tarde à mes désirs d'en appaiser l'ardeur,
Et d'unir mes destins à ceux de mon vainqueur!
« Eh bien ! me dit ZELMIRE, embellissez vos graces :
« Ornez tous vos appas, et marchez sur mes traces.
« Pour remplir dignement les vœux de votre cœur,
« Je vais, sans différer, vous conduire au bonheur.

« Calmez de vos esprits l'inquiétude extrême:
« Vous allez, à l'instant, goûter le bien suprême;
« Vous allez, dans les bras du plus vrai des amans,
« Éprouver de l'amour les doux ravissemens.
A ce dernier discours, ma vive impatience
Étouffa dans mon cœur la voix de l'innocence :
Je crus que le bonheur s'offroit à mes désirs;
Et ce cœur abusé n'aspira qu'aux plaisirs.
Pour forcer mon amant à me céder les armes,
Je me hâtai d'abord d'embellir tous mes charmes:
De l'art industrieux j'empruntai le secours;
Enfin, je me parai de mes plus beaux atours.
D'un orgueilleux espoir follement animée,
Je me flattois déjà d'en être plus aimée :
Mon amant, me disois-je, en voyant mes appas,
Se croira trop heureux de voler dans mes bras.
Dieux! quel égarement!...... combien j'étois avide
D'enflammer les désirs et le cœur d'un perfide,
Et de m'abandonner à d'indignes amours
Qui devoient me coûter le bonheur de mes jours!

Quand j'eus, de mes attraits, achevé la parure,
Je sentis dans mon cœur s'élever un murmure;
Je tremblai, je frémîs........ tous mes pas incertains
Sembloient se refuser à mes honteux desseins.
Je voulus m'arrêter; mais mon ardeur brûlante
L'emporta sur les cris de ma vertu mourante.
Mon cœur impétueux ne connut plus de loi.
Je cherchois le plaisir....... j'y courus sans effroi.
Nous arrivons enfin au séjour détestable
Où m'attendoit l'objet de mon ardeur coupable.
Mon front, à son aspect, se couvre de rougeur:
La folle illusion se glisse dans mon cœur.
Je crus que, sous ses traits, le dieu d'amour lui-même
Alloit me procurer la volupté suprême,
Partager avec moi ses biens les plus flatteurs,
Enivrer tous mes sens de ses douces faveurs.
Il avoit de ce dieu les invincibles armes,
Ses graces, sa candeur, sa tendresse, ses charmes:
Ses lèvres effaçoient le doux éclat des fleurs;
Sa bouche en respiroit les parfums enchanteurs.

Non, je ne vis jamais d'homme, dont la présence
Fût plus propre à troubler la timide innocence,
A perdre un jeune cœur dévoré du désir
De connoître l'amour, de suivre le plaisir.
Ce dangereux mortel, pour préparer mon ame
Aux desseins criminels où le portoit sa flamme,
Me tint, avec transport, tous ces discours flatteurs
Que la passion dicte aux amans séducteurs.
Il vanta la beauté de ma taille élégante,
Mes appas, leur fraîcheur, ma figure charmante,
Le pouvoir de mes yeux, leur regard enchanteur,
Et surtout son désir de mériter mon cœur.
Bientôt, le monstre affreux, dont l'indigne artifice
Avoit conduit mes pas au bord du précipice,
M'abandonne à moi-même en ce danger cruel,
Et me livre aux transports d'un amour criminel.
Mon suborneur, alors, dans sa coupable joie,
S'empresse de flatter, de captiver sa proie;
Me prend avec ardeur dans ses bras caressans;
Me couvre de baisers, allume tous mes sens.

Séduite par l'amour, au comble de l'ivresse,
Mon ame, par degrès, succombe à sa faiblesse.
Tantôt un froid soudain me glace de terreur,
Et tantôt je respire une brûlante ardeur.
Le perfide, qui suit ces mouvemens contraires,
Voit mon trouble, en profite... et ses mains téméraires...
En vain je lui résiste.... il devient plus pressant......
Sa force anéantit mon courage impuissant.
Alors, sur un sopha transportant sa victime,
Au milieu de mes pleurs, il achève son crime:
Mais, bientôt égarée au sein du déshonneur,
Je me livre moi-même à ce fatal vainqueur.

Dans les premiers accès de sa fougueuse ivresse,
Le traître prodigua ses soins et sa tendresse.
Hélas! j'y répondois, croyant que son amour,
Ainsi que mes plaisirs, croîtroit de jour en jour.
Combien je me trompois! ce séducteur infâme
Tout-à-coup se refuse aux ardeurs de ma flamme;
Il s'éloigne de moi, s'arrache de mes bras,
M'accable de mépris, insulte à mes appas.

En vain je lui rappelle, et mes douces caresses,
Et nos transports charmans, et ses tendres promesses;
Le cruel semble, hélas! avoir tout oublié......
Et, pour comble d'horreur, me chasse sans pitié!
Je sors désespérée...... une affreuse lumière
Vient enfin m'éclairer sur ma disgrace entière:
Je comprends, mais trop tard, qu'à ce vil suborneur
Une femme odieuse a vendu mon honneur.
Tel fut mon premier pas dans le chemin du crime:
Bientôt, il m'entraîna jusqu'au fond de l'abîme.
Séduite par l'attrait et le goût du plaisir,
Je ne pus triompher du plus foible désir.
J'abandonnai mes sens aux passions fougueuses:
Je cherchai, je suivis les voluptés honteuses;
Et loin d'en présager les terribles effets,
Loin d'écouter le cri des remords inquiets,
J'en étouffai la voix au sein de la mollesse:
Dans un désordre affreux je plongeai ma jeunesse;
Et par un vil abus, dégradant mes attraits,
Je portai la licence à ses derniers excès.

De mes dérèglemens je devins la victime :
La douleur s'établît à l'organe du crime ;
Et je connus, alors, que des tourmens vengeurs
Suivent presque toujours de coupables erreurs.

Un sang empoisonné circule dans mes veines ;
Contre ce mal affreux les ressources sont vaines :
Ma beauté disparoît...... je suis, à tous les yeux,
Un être méprisable, un objet odieux.

En ce funeste état, en ce malheur extrême,
Je déteste le jour ; je m'abhorre moi-même.
Le cœur désespéré, les yeux baignés de pleurs,
J'exhale en sons plaintifs mes mortelles douleurs.
Hélas ! me dis-je enfin, victime infortunée !
Le voilà donc le sort où je suis condamnée !
Des remords déchirans, d'effroyables terreurs,
C'est donc là tout le fruit de mes longues erreurs !
Si le plaisir est doux, que sa suite est cruelle !
Combien il m'a rendue horrible et criminelle !
Je ne puis, sans frémir, retracer à mes yeux,
De mes égaremens, le tableau monstrueux.

Le moindre souvenir m'accable et me tourmente:
Je n'aperçois partout qu'une image effrayante.
Des fantômes affreux, attachés à mes pas,
M'environnent partout des ombres du trépas.
Mon front, déjà flétri de ses marques livides,
M'avertit d'en prévoir les approches perfides;
Heureuse d'expirer, si l'implacable mort
Venoit me délivrer des horreurs de mon sort!

Hélas? où sont ces jours, ces jours si pleins de charmes,
Où, d'un triste avenir ignorant les alarmes,
Je voyois tous les cœurs, épris de mes attraits,
S'envier le bonheur de m'offrir leurs bienfaits?
J'étois heureuse alors!.... mon ame droite et pure
Ornoit, par la vertu, les dons de la nature.
De vrais adorateurs, des amis généreux
Prévenoient mes désirs et combloient tous mes vœux.
Hélas! ils ne sont plus!..... En perdant l'innocence,
J'ai perdu l'amitié, sa digne récompense.
Ah! que n'ai-je épousé le dernier des humains!
Que n'ai-je d'un forçat partagé les destins!

En souffrant avec lui l'indigence cruelle,
J'aurois du moins vécu sans être criminelle.
O sagesse! ô vertu! biens émanés des cieux,
La beauté n'est, sans vous, qu'un don pernicieux.
Toi, par qui j'ai perdu ces biens inestimables!
Toi, dont j'ai trop suivi les leçons détestables,
Puisses-tu, monstre affreux, pour prix de tes forfaits,
Mendier la pitié, sans l'obtenir jamais!
Puissent tous les malheurs, que l'univers rassemble,
Venir fondre sur toi, pour t'accabler ensemble!
Puisse le ver rongeur de la corruption
Te conduire, à pas lents, à ta destruction;
Faire de tout ton corps une plaie effroyable;
Te rendre à tous les yeux un objet exécrable!......
Et cet homme abhorré, dont l'amour odieux
A fait de mon honneur un commerce honteux,
Puisse, jusqu'à sa mort, un penchant invincible
Le forcer à jouir de sa complice horrible!
Puissiez-vous tous les deux, expirans par lambeaux,
Renaître pour souffrir des supplices nouveaux!

Et vous, jeunes beautés, si fières de vos charmes,
Que mes cruels destins vous remplissent d'alarmes !
Qu'ils vous servent surtout d'exemple et de leçon,
En vous montrant l'amour comme un fatal poison !
Gardez-vous d'écouter ces femmes criminelles
Qui, pour vous égarer et vous perdre comme elles,
Flatteront vos penchans, nourriront vos désirs,
Et séduiront vos cœurs par l'attrait des plaisirs.

Vous voyez, par les maux qu'entraîne la licence,
Qu'il n'est plus de bonheur, quand on perd l'innocence;
Craignez donc à jamais un sort pareil au mien:
La sagesse, pour vous, est le souverain bien.

www.ingramcontent.com/pod-product-compliance
Ingram Content Group UK Ltd.
Pitfield, Milton Keynes, MK11 3LW, UK
UKHW020403250726
13967UKWH00005B/2437